李洁博士　编著

U0116886

嗨！
越玩越完美
幼儿情商培育亲子游戏

人民军醫出版社

PEOPLE'S MILITARY MEDICAL PRESS

北京

图书在版编目（CIP）数据

嗨！越玩越完美：幼儿情商培育亲子游戏 / 李洁编著. —北京：人民军医出版社，2011.6

ISBN 978-7-5091-4871-6

Ⅰ.①嗨… Ⅱ.①李… Ⅲ.①情商－儿童教育－通俗读物 Ⅳ.①B842.6-49

中国版本图书馆CIP数据核字（2011）第091777号

策划编辑：焦健姿　　　文字编辑：王玉梅　　　责任审读：黄栩兵

出版人：石　虹

出版发行　人民军医出版社　　　　　经销　新华书店

通讯地址：北京市100036信箱188分箱　　邮编：100036

质量反馈电话：（010）51927290；（010）51927283

邮购电话：（010）51927252

策划编辑电话：（010）51927271

网址：www.pmmp.com.cn

印、装　三河市春园印刷有限公司

开本：710mm×1010mm　1/16

印张：10　字数：231千字

版、印次：2011年6月第1版第1次印刷

印数：0001～6000

定价：29.80元

前言 PREFACE

　　当我们进入21世纪，我们的生活发生着许多变化：住房、饮食、衣装、交通、爱好……但只有一种东西始终不变，那就是孩子的兴趣——游戏！

　　我儿子今年20岁了，即将进入大四。在我的记忆里，儿子好像从来都没有气过我，6岁开始做家务，8岁之后学校的学习也从来没让我管过，完全是自己打理。上大学后，一般每周回家两次，帮我擦擦地，洗洗衣服。朋友经常问我："你这儿子怎么教育的？" 也有朋友说："儿子就是你的作品，你可得把绝招传给我们。"说来我也没什么绝招，只是特别注重情商教育，对他的单科成绩并不怎么看重，一切有意识的教育表现为无意识的玩耍。所以，我的儿子就是玩大的。从小到大我就是陪他玩，做他的玩伴。一天又一天，儿子开心地长大，用他的懂事回报我的付出，用他的成绩报答我对他的教育。

　　孩子就是孩子，每一个孩子都热爱游戏、乐于游戏，在游戏的过程中学习并获取知识，在游戏的过程中成长并感受世界。因此，国际著名幼儿教育家蒙台梭利认为："游戏活动是儿童的工作。"和孩子玩耍真的是一件令人愉快的事情，更是一个潜移默化地实施教育的最好途径。

　　让我们和孩子一起游戏吧！

　　游戏会使我们听到孩子的心声！

　　只有游戏会把我们和孩子拉近！

目录 Contents

♥ 0岁幼儿
情商培育游戏

♥ 1岁以上幼儿
情商培育游戏

2岁以上幼儿 情商培育游戏

♥4岁以上幼儿 情商培育游戏

♥5岁以上幼儿 情商培育游戏

0岁幼儿
情商培育游戏

家长和婴儿间
积极地接触和交流
有助于提高婴儿的
认知能力
抚摸、搂、抱等动作
不仅可以
安抚婴儿的情绪
还有助于
大脑的发育

1 抱抱宝宝

适合年龄

0 — 0.4岁

游戏目的

培养亲情

抚摸、搂、抱等动作，不仅可以安抚婴儿的情绪，还有助于幼儿大脑的发育。

游戏方法

把婴儿放在臂弯里轻轻地摇动，边摇边说：

"抱抱宝宝（也可直叫婴儿的名字），

××是我的小宝宝，

我爱我的小宝宝。"

说完一定要亲吻孩子身体的某一部位，

如额头、鼻子、脸颊、

小脚丫等。

2 空骑车

适合年龄

0 — 0.8岁

游戏目的

培养亲情和对生活的热爱

> 腿部肌肉的锻炼对幼儿学习爬和走是很重要的。

游戏方法

让婴儿平躺，双手抓住他的双腿或脚踝，（不要硬扳婴儿的腿）做骑自行车的蹬腿动作。

边做边唱：

　　自行车，跑得快，

　　宝宝骑着去买菜。

　　青菜、萝卜和蘑菇，

　　宝宝样样都喜爱。

请注视着我

适合年龄

0—1岁

游戏目的

培养亲情

切记：不要在喂奶时看书或读报，甚至闭上眼睛休息，流露出对婴儿漠不关心的样子。

游戏方法

无论母乳喂养还是人工喂养，喂奶时，家长一定要用心注视着婴儿，促使婴儿用眼睛与大人对视，启迪情感互动。当婴儿感受到大人的目光，发现大人的表情，便会有备受关怀之感，使得情感中枢兴奋，这种兴奋会扩散到海马记忆区引起被关爱的回忆。喂奶时眼对眼的注视是情感交流的主要方法。

切记：不要在喂奶时看书或读报，甚至闭上眼睛休息，流露出对婴儿漠不关心的样子，这样易形成后患——孤僻。

4 等一等

适合年龄
0—4岁

游戏目的
培养耐力

游戏准备
鲜艳的图片或画书

游戏方法

幼儿饥饿或要喝水时，不要急于满足他。

1. 可以对婴儿说："等一等，好宝宝，一分钟，准吃/喝到。"

2. 也可以将婴儿抱起来，边说边轻轻地拍他的背。

注意：让幼儿等待的时间，可以根据年龄由几秒钟到几分钟不等。

耐力的培养是从0岁开始的……

5 微笑

适合年龄
0.3 — 0.4岁

游戏目的
学会与人交往

游戏方法

这个月龄的婴儿喜欢微笑，见谁冲谁笑。因此，这个时期要多抱他到社区、公园或邻居家等经常散步聊天的地方去，他一定是"人见人逗"，趁机给他介绍一些"朋友"，不仅可以减轻即将到来的分离焦虑症，也可以帮助幼儿学会与人交往。

6 绕着花儿来跳舞

适合年龄
0.5—1.5岁

游戏目的
培养亲情和对生活的热爱

游戏准备
椅子、玫瑰花、菊花

游戏方法

家长抱着幼儿绕着椅子走，花摆在椅子周围，

边走边说：

一二三四五，

绕着花儿来跳舞。

夸张的语调不仅可以提高幼儿的兴趣，还可以提高幼儿的专注力。

玫瑰花，玫瑰花，

请！坐下欣赏吧。

（家长抱着幼儿坐到椅子上）

一二三四五，

绕着花儿来跳舞。

菊花，菊花，

嗨！站起跳舞吧。

7 照镜子

适合年龄

0.6 — 1.3岁

婴幼儿很需要视觉刺激和早期视觉体验。

游戏目的

训练孩子放松，排除见生人的紧张情绪

游戏方法

让幼儿站在一面大镜子前，家长指着镜子里的他说："瞧，这个宝宝真漂亮！"当幼儿注视镜子时，再指着幼儿的鼻子说："看见宝宝的鼻子了吗？"依次指出幼儿的身体其他部位。然后，家长可对着镜子扮鬼脸，这时幼儿会跟着模仿。

1岁以上幼儿情商培育游戏

让幼儿置身于
一个情感丰富
启迪智慧的
环境中
有助于
情商元素的
涌现
也有助于
幼儿大脑的
发育

8 小好人

适合年龄 1 — 1.5岁

2—3个月大起婴儿就
需要触觉刺激，否则
幼儿容易怕
生、粘人。

游戏目的 培养亲情，同时祛除幼儿触觉过度敏感

游戏准备 音带（轻音乐或节奏不太激烈的均可）

游戏方法

1. 让幼儿平躺着，用食指在幼儿肚子上画圈或用五指若即若离地轻轻地抓，边做边说：

一画（抓）金，二画（抓）银，

三画（抓）不笑是个小好人。

2. 让幼儿趴着，用食指在幼儿背上画圈或用五指若即若离地轻轻地抓，边做边说上述歌谣。

3. 幼儿和家长相对而坐，家长拉住幼儿的一只手（左右手交替），用食指在幼儿手心画圈或用五指若即若离地轻轻地抓，边做边说上述歌谣。

9 辨色游戏

适合年龄

1—1.5岁

游戏目的

培养自信心和竞争精神

游戏准备

红、黄、蓝颜色的小汽车或积木块，或气球

游戏方法

和幼儿一起坐在地板上。

1. 前后移动一辆红色小汽车或积木块或气球，然后换成蓝色小汽车或积木块或气球，最后换成黄色小汽车或积木块或气球。进行上述环节时同时要说出车辆或积木或气球的颜色。

2. 在幼儿熟悉了颜色后加快速度换色，并要求幼儿同时说出看到的颜色。

3. 把玩具藏在背后，让幼儿猜家长要出示什么颜色的小汽车或积木或气球。若孩子说红色，家长就出示红色；若孩子说蓝色，家长就出示蓝色，同时夸奖孩子，以提高其自信心。

4. 爸爸出示玩具，请妈妈和孩子比赛谁能说出正确的颜色，妈妈不要总是输给幼儿，也不要总是赢，以便培养幼儿正确的竞争态度。

10 挠痒痒

适合年龄
1—1.5岁

游戏目的
培养亲情，祛除触觉过度敏感

游戏方法

 幼儿平躺着，家长一次抓住幼儿一只脚（两脚交替进行），说一句歌谣，胳肢一根脚趾：

胳肢，胳肢，

胳肢我的宝宝（也可呼喊孩子的名字），

风儿吹口哨，

雪儿静悄悄，

我家大公鸡

咯咯咯咯叫。

11 在哪里

适合年龄

1 — 1.5岁

游戏目的

培养观察能力

游戏准备

家具、物品等

家长和幼儿聊得越多，幼儿大脑建立的语言连接就越多。

游戏方法

家长和幼儿在房间里走来走去（每次选用不同的房间），边走边用简单易懂的句子说出看到的物品名称，比如："这是椅子"，"这是电视机"等，然后问幼儿每一件讲过的物品在哪里。

12 爆米花

适合年龄 1—2岁

游戏目的 培养信任感

充满爱的依恋关系有利于幼儿建立起信任感。

游戏方法

让幼儿坐在膝盖上，左右晃动（晃动的幅度可以稍大一些），同时朗诵下面的儿歌：

玉米粒，黄腾腾，

先加热，再晃动，

准备——

（说到此句，停止晃动。）

嘭！

（说到此句，把幼儿举高到空中。）

13 美丽的果园

适合年龄

1—2岁

游戏目的

培养对生活的热爱

充满爱的照料能为幼儿的大脑发育提供积极的情感刺激。

游戏准备

一张纸板，在纸板上画上几棵果树，从报刊等处剪下来一些水果，背面贴上双面胶。歌曲《走走走，我们去郊游》音带一盘。

游戏方法

家长:"今天的天气真好，

我们去参观果园吧。"

幼儿:"好的。"

（播放歌曲《走走走，我们去郊游》，

家长拉着幼儿的手,绕圈走。走到纸板前停住。）

家长："哎呀,果树都结果啦！"

（边与幼儿问答式谈话边让幼儿把果子贴到果

树上）

家长: "这棵果树上结了一个大苹果是不是呀? "

"还有什么果子? "

"这一棵果树上结的是什么果子呀? "

......

14 外出旅行

适合年龄

1—2岁

游戏目的

培养亲情

游戏方法

1. 让幼儿坐在家长的膝盖上（可以面对家长，也可以背对家长），边骑膝马边说儿歌：

宝宝骑膝马，

神气真神气。

宝宝骑膝马，

离家旅行去。

2. 重复儿歌，但将"骑膝马"换成乘飞机、乘火车等其他交通工具。

骑膝马

适合年龄

1—2岁

轻柔的触碰能给幼儿带来安全感，增强自信心。

游戏目的

培养信任感

游戏方法

让幼儿背对或侧身坐在家长的膝盖上，家长用双手抓住幼儿的腋下，然后上下颠动自己的双腿，同时有节奏地朗诵下面的儿歌：

大姐姐骑马，轻快而过；

（双腿颠动较轻）

大哥哥骑马，飞快而过。

（双腿颠动猛烈）

小××骑马，风风火火。

（双腿左右摆动）

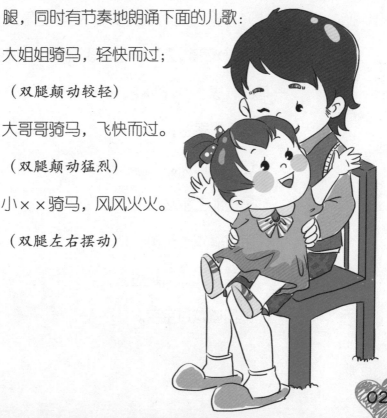

16 宝宝贝贝

适合年龄 1—3岁

游戏目的 培养亲情和信任感

充满爱的照料能为幼儿的大脑发育提供积极的情感刺激。

游戏方法

让幼儿背向坐在膝盖上，抓住幼儿的脚踝，一只取名宝宝，一只取名贝贝（也可取幼儿熟悉的名字），将幼儿两条腿交叉交换位置，说到儿歌"越过来越过去"时速度逐渐加快，说到最后一句时，家长分开两膝，让幼儿从中间滑下去。

这个是宝宝，

这个是贝贝。

贝贝叫宝宝越过去，

宝宝就越过贝贝。

宝宝又叫贝贝越过去，

贝贝就越过宝宝。

宝宝越过贝贝，

贝贝越过宝宝，

……

（该句重复3~4遍）

越过来越过去，

噗通，

宝宝贝贝一起滑下山去。

 拍手乐

适合年龄

1—4岁

游戏目的

培养亲情

游戏准备

轻松愉快的乐曲或歌谣

游戏方法

让幼儿坐在家长膝盖上，随着节奏：

1. 家长拿着幼儿的手往自己手

上拍。

2. 家长握住幼儿的手拍起来。

18 切蛋糕

适合年龄

1—6岁

游戏目的

学会分享

游戏方法

家里有人生日时，请幼儿切蛋糕或家长切蛋糕，都要做到：

1. 蛋糕的份额要一样，每人一份。

2. 不考虑蛋糕正面的图案和奶油色彩。

3. 分蛋糕的顺序按辈分，长者先。

19 哦，天哪

适合年龄 1.5 — 2岁

游戏目的 培养信任感和安全感

游戏方法

让幼儿侧身坐在腿上，边颠动边念下面的儿歌：

哦，天哪！

哦，天哪！

谁在这里？

谁在这里？

哦，天哪！

哦，天哪！

是我最亲爱的_____（幼儿的名字）

（念最后一句时，把幼儿平抱在怀里，

并深深地拥抱。）

注意：再念一遍时，拥抱幼儿前把幼儿举起，再放下来拥抱，并深深地亲吻。

20 开瓶子

适合年龄

1.5 — 2岁

游戏目的

培养自信和协调能力

游戏准备

准备空塑料瓶若干，瓶盖小到足以能让幼儿拧开

游戏方法

把一个空瓶子里放进一个色彩鲜艳的小玩具，盖上盖子，放到幼儿面前，一次给一个，让幼儿自己打开瓶盖，把玩具取出来。当孩子取出瓶中之物时，要及时给以鼓励。

21 拆包装

适合年龄

1.5 — 2岁

看似简单的动作都能刺激幼儿大脑的发育。

游戏目的

培养好奇心和解决问题的能力

游戏准备

各种纸张，如卫生纸、绵纸、报纸、锡箔纸、包装纸等

游戏方法

把一种玩具用不同的纸一层层包起来，问幼儿：

"猜猜里面是什么？"然后让幼儿自己拆开并确认是否猜得对。猜对了，要给予语言鼓励的同时，亲吻幼儿。

注意：游戏可以反复玩耍。

22 在哪里

适合年龄

1.5—3岁

游戏目的

培养解决问题的能力

游戏准备

找三个颜色不同的杯子，一个小件物品或玩具，小到杯子能扣住

游戏方法

当着幼儿的面，慢慢移动杯子，让幼儿看到杯子的变化，然后将物品或玩具扣在一个杯子下面，问幼儿："……在哪里?"如果幼儿不明白，可掀起杯子让幼儿看看物品，再扣住，继续游戏。

23 看自己

适合年龄

1.5—3岁

游戏目的

培养观察能力

游戏方法

1. 给幼儿按歌谣内容穿戴服饰。

2. 让幼儿按照指令去做。

3. 给出指令的同时给幼儿做示范动作。

如果穿着 T 恤，

拍拍你的手。

如果戴着帽子，

上下点点头。

如果穿着鞋子，

双脚跳一跳。

如果扎着皮带，

来回扭一扭。

24 看小鸟吃食

适合年龄

1.5—3岁

游戏目的

培养观察能力

游戏方法

在一个果核上涂满花生酱,再在面包屑上滚一下,放在窗台上或院子里,然后和幼儿一起观察来吃食的小鸟,同时可以和幼儿说说小鸟吃些什么、常在哪里找东西吃，也许有机会和幼儿谈论各种鸟的颜色、大小、叫声和其他特征。

注意:如家里养的有鸽子，也可以让孩子喂食鸽子。

大脚碰小脚

适合年龄

1.5 — 3 岁

充满爱的照料能为幼儿的大脑发育提供积极的情感刺激。

游戏目的

培养亲情和协调能力

游戏方法

和幼儿一起脱掉鞋子，面对面坐在地板上或床上。边说边做：

一二三，小脚碰到大脚，

（脚碰脚）

三二一，大脚小脚都休息。

（把脚收回来，自己的双脚脚心相对）

注意：速度可越来越快。

041

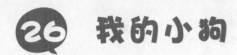

26 我的小狗

适合年龄

1.5—3岁

游戏目的

培养听从指令、遵守规则的品质，同时培养同情心

游戏准备

毛绒玩具狗一个

幼儿的潜能发展取决于早期：0—3岁的体验。

游戏方法

家长发出指令，幼儿按指令执行：

在温暖的日子里，我将小狗抱在怀中，

（幼儿用双臂抱住小狗）

哦，我的小狗，

我要把你举到最高，

（幼儿把玩具狗举高）

我要把你放到最低，

（尽量往低处放，可贴着地面）

带着你一起走，

（幼儿抱着小狗绕圈走）

你是我的好朋友。

（幼儿亲吻小狗）

注意：也可将小狗换成孩子喜欢的任何毛绒

玩具。

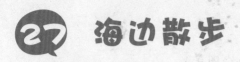

27 海边散步

适合年龄
1.5 — 4岁

游戏目的
培养生活情趣和想象力

游戏方法

餐后，拉着孩子的手散步（可以在室内，也可以在室外），边走边和孩子交谈：

"今天的天气真好！"

"你喜欢在海边散步吗？"

"我们捡些贝壳带回去好吗？"

"瞧，这儿有一个！" "这儿！"

"哎呀，这儿有一个大的！来我们一起把它抬起来（模拟动作）。"

……

家长和孩子的交流方式会对孩子日后的情感发育产生巨大影响。

28 在哪儿呢

适合年龄
1.5—6岁

游戏目的
培养探索意识

游戏准备
丝巾、领带、手表、围巾、大号T恤或睡袍等

游戏方法

家长穿上大号的T恤或睡袍，将丝巾、领带、围巾等物品藏在里面，但露出一点痕迹能让幼儿看见。家长可以问："……不见了，帮我找找在哪儿呢？"鼓励幼儿找到物品并把物品从T恤或睡袍里面拉出来。

我们来跳舞

适合年龄
1.5 — 6岁

游戏目的
培养亲情

在幼儿掌握语言之前就能够欣赏音乐了。

游戏方法

家长和幼儿手拉手绕着圆圈走，边走边说：

一二三四五，

我们来跳舞。

1　3　5　—｜5　3　1　—｜

噗通！我们摔倒了。

（家长和幼儿一起倒地或沙发上）

一二三四五，

我们来跳舞。

1　3　5　3｜54　32　1　—｜

哈哈！我们站起来了。

（家长和幼儿一起站起来）

2岁以上幼儿情商培育游戏

幼儿
听到的语音越多
语言学习的
能力就越快
语言不仅帮助幼儿
诉说情感
也带动
幼儿语言能力所在
神经回路
的发育

跟我说，跟我做（双语）

适合年龄

2 — 6岁

游戏目的

培养对生活的热爱、模仿力、肢体语言、礼
貌用语等

游戏方法

家长边说边做各种动作，请幼儿模仿。

❀中文版：

你好！你好！你好！（挥挥手或握手）

瞧！瞧！瞧！（手搭凉棚）

在那！在那！在那！（右手食指指向远方）

来！来！来！（手心向下，由远向近处摆动）

好的，好的，好的。（拇指和食指相捏，其
余三指自然伸开）

我来把地扫，扫，扫，扫。（扫地）

宝宝把桌擦，擦，擦，擦。（擦桌子）

人人夸我家，夸，夸，夸！（鼓掌）

❀ 英文版：

My hands can talk in a special way.（鼓掌）

Hello!（挥手）

Look!（手搭凉棚）

It's far, far away. （右手食指指向远方）

That's OK. （拇指和食指相捏，其余三指自

然伸开）

Come here. （手心向下，由远向近处摆动）

Come to sweep, sweep, sweep.（扫地）

Come to wipe, wipe, wipe.（擦桌子）

"I'm a good boy/ nice girl."people say.

说明：扫地和擦桌子时，"扫"和"擦"可以根

据实际情况重复若干遍。

31 五彩礼盒

适合年龄
2—6岁

游戏目的
培养耐心和好奇心

游戏方法

把孩子最喜欢的一件玩具或要送给孩子的一件新玩具装在盒子里，用彩色纸把盒子一层一层地包起来（3～5层），每层有一个或多个问题，问题要根据孩子的年龄来设置，可以是看图说话，也可以是文字题，回答正确才能进入下一层。所有包装纸都剥去后，不要直接打开包装盒，让孩子猜一猜，看看是否能猜到内装物品（可以猜3次）。

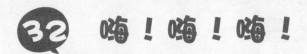

32 嗨！嗨！嗨！

适合年龄 · · · · · · · · · · · ·
2—6岁

游戏目的 · · · · · · · · · · · ·
培养生活情趣

游戏准备 · · · · · · · · · · · ·
苹果、胡萝卜、花生、糖果等食品

游戏方法

家长边说边做——

嗨，嗨，嗨！大象叫道，

你看见我的鼻子在来回摆动了吗？

（双臂像大象鼻子在胸前摆动）

嗨，嗨，嗨！兔子叫道，

我跳来跳去的时候，你看见我美丽的耳朵

了吗？

（像小兔一样跳）

嗨，嗨，嗨！青蛙叫道：

我跳进池塘时，你看见我的大眼睛了吗？

（像青蛙一样跳）

嗨，嗨，嗨！猴子叫道：

我翻跟头时，你看见我长长的尾巴了吗？

（然后把准备的食品摆放在桌子上，让幼儿边说

边学大象、兔子和青蛙去取自已喜欢的食品。）

和孩子之间建立的亲情会影响孩子今后的学习成绩。

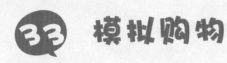

33 模拟购物

适合年龄

2—3岁

游戏目的

培养解决问题的能力

游戏方法

把一些日常用品和玩具摆放在幼儿够得到的地方，让幼儿拿一个购物袋或购物筐，按指令"购物"，一个指令只购一样东西，幼儿取到东西，将它放进购物袋或购物筐里，再给出下一个指令。比如："我们需要一个勺子""我们应该买个抱枕""你需要个红色的娃娃"等。

整体运动技能、思考
能力、动手能力
都是在玩耍中
学到的。

34 高兴与难过

适合年龄 2—3岁

游戏目的 提高表达感情的能力

游戏准备 表情画：高兴、难过、滑稽、生气、疯狂

游戏方法

1. 先给幼儿观看表情画，并一同讨论各种表情，然后边做边说（表情夸张一些）。

2. 扮出高兴的脸：

　　抱着你时我很高兴。

　　你很乖时我很高兴。

　　你帮助我做事我很高兴。

　　……

　　要求幼儿模仿：……

3. 扮出难过的脸：

　　你生病的时候我很难过。

　　你不听话的时候我很难过。

　　你难过的时候我也难过。

　　……

要求幼儿模仿：……

4. 扮出生气的脸：

　　你弄坏玩具我很生气。

　　你对小朋友不友好我很生气。

　　你在客人面前哭闹我很生气。

　　……

要求幼儿模仿：……

表达不同的情绪能引起化学物质的释放，帮助大脑记住情绪和与情绪有关的事情。

丝绸之路

适合年龄

2 — 3岁

游戏目的

培养耐力和平衡力

游戏准备

彩带或旧报纸、音带《郊游》

游戏方法

用彩带拉出或用旧报纸
铺出一条弯弯曲曲的
小路，播放歌曲《郊游》，
让幼儿展开双臂沿
着彩带或报纸路脚尖
接着脚后跟地走。

36 纱巾舞

适合年龄

2—4岁

游戏目的

培养亲情和幼儿的节奏感

游戏准备

纱巾每人1条，录音带《森林的晚餐》等

游戏方法

家长和幼儿手拿纱巾随着节奏做"拉大锯"。

37 我能行

适合年龄

2—4岁

游戏目的

培养自信和竞争意识

游戏方法

设置一个障碍，鼓励幼儿跳过去。开始低一点，然后慢慢加高。如果跳不过去，伸手将孩子抱抱，再跳。

38 草原上的奶牛

适合年龄

2—4岁

游戏目的

培养对生活的热爱

游戏方法

让幼儿扮成一头牛（最好带上头饰），一边绕着沙发走，一边"哞哞"叫，然后边朗诵儿歌边做动作。

幼儿通常乐意记住那些包含着情感因素的事情。

　　草原上的奶牛——累了，（哞！）

　　睡了一觉。（把头枕在手上）

　　打雷了，（跺脚）

　　闪电了，（把双手举向空中）

　　老天给我洗澡了！（上下跳动并拍手笑）

39 神奇的沙子

适合年龄 2—4岁

人类大脑的独特结构受益于早期温暖、充满爱心的体验。

游戏目的 激发幼儿想象力的同时，培养幼儿的创造力

游戏准备 沙子、铲子、杯子等

游戏方法

把沙子上少洒点水，将沙子打潮，然后向幼儿示范：把杯子里装满沙子，一杯一杯扣出"一座大山"，然后在山上"修出公路"，再植上树，或开个隧道……

示范后，请幼儿自己任意创造。

脚印和手印

适合年龄

2 — 4岁

游戏目的

培养观察能力

游戏方法

1. 带幼儿在户外雪地上或不下雪时在地上铺上一层沙子，和幼儿一起印下手印和脚印，先比较手印的不同，再比较脚印（鞋印）的不同。

2. 印出不同动物的脚印，请幼儿试着指出是什么动物留下的脚印。

41 藏宝游戏

适合年龄
2—6岁

游戏目的
培养思考力和解决问题的能力

游戏准备
玩具，点心或糖果

> 幼儿通过"藏宝"、"藏猫猫"之类的看似简单的游戏，获得一系列复杂的有关轮换和期待的原则。

游戏方法

1. 家长"藏宝"幼儿寻找。告诉幼儿你在房间藏了一个宝贝，鼓励他去寻找，在寻宝过程中可以给他提示，如"越来越近喽"，"对，就是那个方向"等，直到幼儿找到宝藏，然后奖励给幼儿一颗糖果或一块点心。

2. 幼儿藏宝家长来找。让幼儿把宝贝藏起来，由家长来寻找。在寻找的过程中，家长可以有意识地询问孩子："请提示提示吧！""在什么方位呢？"

42 户外运动

适合年龄

2.5 — 6岁

游戏目的

培养耐力

游戏方法

挑一个春光明媚的日子，在户外做这个游戏。告诉幼儿你们要走到一棵树下或某个目标，到那里后，再告诉幼儿你们要比赛跑或跳，然后指定一个看得见的目的地来比赛，到达目的地后，再告诉幼儿要走或跑或跳到某个目的地。当然游戏过程要用鼓励性语言与幼儿交谈，也要视幼儿年龄选择路途的长短。

3岁以上幼儿情商培育游戏

三岁的幼儿
其大脑
比大学生的
还要
活跃
一倍

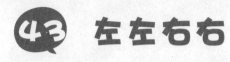

43 左左右右

适合年龄
3 — 4岁

游戏目的
培养生活激情

游戏方法

（家长和幼儿一起边说边做动作）

跳呀跳，跳呀跳，

上上下下，左左右右，

哎哟，停住了。

（停止动作）

走呀走，走呀走，

向前走，向后走，

向左走，向右走，

哎哟，迷路了。

44 扫雷

适合年龄

3 — 6岁

游戏目的

培养自信心

游戏准备

字母卡、数字卡、汉字卡、单词卡，一张地雷卡

游戏方法

有目的地把某些卡片和一张地雷卡面向下摆放好，请幼儿翻过来一张卡，同时说出卡上的内容，正确记一分，不正确得零分，遇到雷卡终止本盘游戏，再重新开始。

45 传声筒

适合年龄
3—6岁

游戏目的
培养好奇心

积极的情感、身体及智能方面的发展对促进幼儿大脑的健康成长起着至关重要的作用。

游戏准备
空饮料罐两个，细绳少许

游戏方法

在两个空饮料罐下面钻洞，用一截细绳将两个罐子连起来，将绳子绷紧，把一个罐子放到宝宝的耳朵上面，家长对着另一个罐子轻声地说话，幼儿会感到很惊奇。

46 早上好（双语）

适合年龄

3 — 6岁

游戏目的

培养文明礼仪

> 戏剧台词会帮助幼儿学习表达情感。

游戏方法

述说歌谣时，相应手指有节奏地弯曲表演。

❀ 中文版：

早上好，大拇指！（*右手拇指*）

早上好，大拇指！（*左手拇指*）

很高兴见到你。（*右手拇指*）

见到你我也很高兴。（*左手拇指*）

你今天过得好吗？（*右手拇指*）

很好，谢谢。（*左手拇指*）

再见。（*右手拇指*）

再见。（*左手拇指*）

早上好，食指！（右手食指）

早上好，食指！（左手食指）

很高兴见到你。（右手食指）

见到你我也很高兴。（左手食指）

你今天过得好吗？（右手食指）

很好，谢谢。（左手食指）

再见。（右手食指）

再见。（左手食指）

早上好，中指！（右手中指）

早上好，中指！（左手中指）

很高兴见到你。（右手中指）

见到你我也很高兴。（左手中指）

你今天过得好吗？（右手中指）

很好，谢谢。（左手中指）

再见。（右手中指）

再见。（左手中指）

早上好，无名指！（右手无名指）

早上好，无名指！（左手无名指）

很高兴见到你。（右手无名指）

见到你我也很高兴。（左手无名指）

你今天过得好吗？（右手无名指）

很好，谢谢。（左手无名指）

再见。（右手无名指）

再见。（左手无名指）

早上好，小拇指！（右手小拇指）

早上好，小拇指！（左手小拇指）

很高兴见到你。（右手小拇指）

见到你我也很高兴。（左手小拇指）

你今天过得好吗？（右手小拇指）

很好，谢谢。（左手小拇指）

再见。（右手小拇指）

再见。（左手小拇指）

✿ 英文版：

Good morning, thumb. （右手拇指）

Good morning, thumb.（左手拇指）

Nice to meet you.（右手拇指）

Nice to meet you, too. （左手拇指）

How are you today?（右手拇指）

I'm fine, thank you. （左手拇指）

Bye – bye. （右手拇指）

Bye. （左手拇指）

Good morning, pointer. （右手食指）

Good morning, pointer. （左手食指）

Nice to meet you. （右手食指）

Nice to meet you, too. （左手食指）

How are you today? （右手食指）

I'm fine, thank you. （左手食指）

Bye – bye.（右手食指）

Bye. （左手食指）

Good morning, tall-man.（右手中指）

Good morning, tall-man.（左手中指）

Nice to meet you.（右手中指）

Nice to meet you, too.（左手中指）

How are you today?（右手中指）

I'm fine, thank you.（左手中指）

Bye – bye.（右手中指）

Bye.（左手中指）

Good morning, ring-man.（右手无名指）

Good morning, ring-man.（左手无名指）

Nice to meet you.（右手无名指）

Nice to meet you, too.（左手无名指）

How are you today?（右手无名指）

I'm fine, thank you.（左手无名指）

Bye – bye.（右手无名指）

Bye.（左手无名指）

Good morning, little-man.（右手小指）

Good morning, little-man.（左手小指）

Nice to meet you. （右手小指）

Nice to meet you, too. （左手小指）

How are you today? （右手小指）

I'm fine, thank you. （左手小指）

Bye – bye. （右手小指）

Bye. （左手小指）

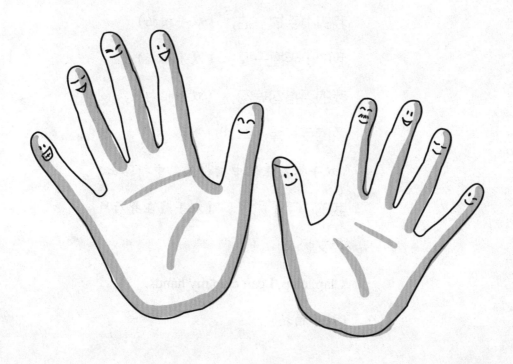

47 我的小手不见了（双语）

适合年龄 3—6岁

游戏目的 锻炼小肌肉，培养生活情趣

> 幼儿每天听到的单词数量将影响其今后的智力、举止及学习成绩。

游戏方法

家长和幼儿一起边念儿歌边做动作。

❀ 中文版：

我的小手拍一拍，（双手相拍）

我的小手握一握，（双手相握）

我的手指勾一勾，（双手相勾）

我的手指弹一弹，

（双手拇指压住中指指盖，中指弹出）

我的小手不见了。（双手藏在身后）

❀ 英文版：

Clap, clap, I can clap my hands.

（双手相拍）

Shake, shake, I can shake my hands.

（双手相握）

Cross, cross, I can cross my fingers.

（双手相勾）

Flick, flick, I can flick my fingers.

（双手拇指压住中指指盖，中指弹出）

Shhhhh. Where are my hands?

（右手食指置于口前，然后双手背后）

48 小玩偶

适合年龄
3—6岁

游戏目的
培养想象力和创造力

游戏准备
纸、铅笔、蜡笔、一根筷子或冰激凌棒、一个纸杯、胶水

游戏方法

1. 在纸上画一个兔宝宝，让幼儿自己涂上喜欢的颜色，然后剪下来粘贴在筷子上。

2. 把纸杯用筷子扎个洞，将筷子从洞中穿出，粘

贴有兔宝宝一端留在杯子里，能上下拉动。

3. 和幼儿一起边说下面的歌谣边做。

运动是让幼儿左右脑协调的唯一途径。

　　我的小兔真稀奇，（让兔宝宝露出杯子）

　　他家住在杯子里。（把兔宝宝拉进杯子里）

　　听到声音，

　　耳朵竖起，（让兔宝宝露出杯子）

　　吱溜！小兔子跑了。（把兔宝宝拉进杯子里）

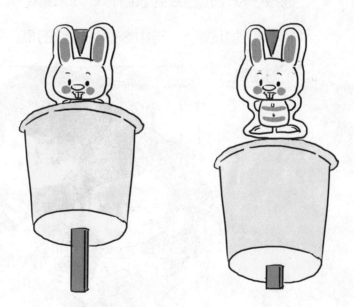

注意：兔宝宝也可改换成小老鼠、小狗等其他有

耳朵动物。

49 快乐今天

适合年龄
3 — 5岁

游戏目的
培养生活激情

保持愉悦的心情是培养幼儿生活激情的有效途径。

游戏方法

把孩子从幼儿园接到家后，或周末逛街回到家后，和幼儿谈论一天中令幼儿愉悦的事，然后边唱边舞：

快乐今天

1=F 2/4

原曲、李洁词

3 2·2 | 1 2 | 3 3 | 3 — |
快 乐的 一 天 是 今 天，

2 2 | 2 — | 3 3 | 3 — |
是 今 天，   是 今 天，

3 2 | 1 2 | 3 3 | 3 1 |
快 乐 你 就 ① 拍 拍 手 吧，
              ② 跺 跺 脚 吧，
              ③ 转 转 圈 吧，

2 2 | 3 2 | 1 — :‖
像 我 一 样 拍。
像 我 一 样 跺。
像 我 一 样 转。

50 蹦蹦跳

适合年龄

3—5岁

游戏目的

培养生活激情

给幼儿无微不至的关怀能增强幼儿控制自己情感的生理系统。

游戏方法

家长与幼儿相视而坐，左手背后，用右手表演：

叫啊，跳啊，开心地笑，

五只小兔蹦蹦跳。（跳出五根手指）

叫啊，跳啊，开心地笑，

四只小兔蹦蹦跳。（跳出四根手指）

叫啊，跳啊，开心地笑，

三只小兔蹦蹦跳。（跳出三根手指）

叫啊，跳啊，开心地笑，

两只小兔蹦蹦跳。（跳出两根手指）

叫啊，跳啊，开心地笑，

一只小兔蹦蹦跳。（跳出一根手指）

51 开电梯

适合年龄

3—6岁

游戏目的

培养自立性

游戏方法

带孩子乘电梯时，告诉幼儿如何摁键，每次请他

去做，并给以鼓励，促其成长并自立，幼儿会从

开电梯的练习中，获得自信和乐趣。

52 塔积木

适合年龄

3—6岁

游戏目的

促进幼儿小运动肌肉发育的同时，培养幼儿的耐力

游戏准备

大积木

游戏方法

鼓励幼儿尽可能把积木堆高，家长找机会把积木堆推倒或让幼儿自己把堆高的积木推倒，然后再堆高，再推倒，如此反复。

53 金锁银锁

适合年龄
3—6岁

游戏目的
培养幼儿反应的灵敏性

游戏方法

家长和幼儿相对而坐，让孩子把食指放在家长的手心里，一起说："金锁，银锁，咔嚓一锁。"说完孩子要快速抽出手指，家长要尽快把手握住。如果孩子被"锁住"交换角色，否则游戏继续。

54 打扮起来

适合年龄

3 — 6岁

游戏目的

培养解决问题的能力

游戏准备

各种衣服、帽子、太阳镜、鞋子

游戏方法

把衣服、帽子等放在一起，给出确切的指令

（如参加正式宴会；出席婚礼；与好友聚会；

野餐；户外运动；

去幼儿园等），

让孩子自己去挑

选服饰。

切记：家长要及时

给以鼓励和肯定，

并给予指导。

55 配对

适合年龄
3—5岁

游戏目的
培养解决问题的能力

游戏准备
不同形状的积木

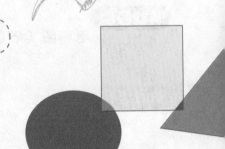

游戏方法

选出圆形、三角形和正方形积木来和幼儿讨论

其形状,然后给幼儿一个三角形积木,把其他

积木装进一个袋子,边唱边请幼儿从袋子里找

出与手中积木形状

一样的积木(先看着

找,然后摸着找),

边找边唱下面的曲子:

block
小积木

1 = D $\frac{4}{4}$

原曲、李洁词

5· 6 5 4 | 3 4 5 — |

Fin - d out a b - lo - ck,

找 出 一 块 小 积 木,

2 3 4 — | 3 4 5 — |

b - lo - ck, b - lo - ck.

小 积 木, 小 积 木,

5· 6 5 4 | 3 4 5 — |

Fin - d out a b - lo - ck,

找 出 一 块 小 积 木,

2 — 5 — | 3 3 1 — ‖

Li - ke th - is one.

就 像 这 个。

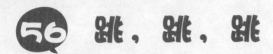

56 跳，跳，跳

适合年龄

3.5 — 5岁

游戏目的

培养协调能力和听从指令的品德

游戏准备

各种衣服、帽子、太阳镜、鞋子

游戏方法

给出指令，请幼儿按照指令动作。

抬起小脚跳，跳，跳，（单脚或双脚跳）

感觉累了停，停，停，（停止跳动）

转个圈儿数十下，（展臂、身体转一周）

（转个圈，数数：1，2，3，4，5，6，7，8，

9，10或one, two, three, four, five, six, seven, eight,

nine, ten）

再抬起脚来继续跳。

蝴蝶（双语）

适合年龄

3.5—5岁

游戏目的

培养生活激情

游戏准备

蝴蝶头饰和蝴蝶图片

游戏方法

给幼儿先看蝴蝶图片，并谈论蝴蝶的缤纷色彩和美丽的翅膀，然后让幼儿扮成蝴蝶，在房间里飞舞，边飞边说唱儿歌：

蝴蝶，蝴蝶，

Butterflies, butterflies,

飞来又飞去。

Fly here and there,

蝴蝶，蝴蝶，

Butterflies, butterflies,

飞到我家里。

Fly into my house.

蝴蝶，蝴蝶，

Butterflies, butterflies,

漂亮又美丽。

Pretty and cute.

蝴蝶，蝴蝶，

Butterflies, butterflies,

飞在我心里。

Fly into my heart.

58 稻草人（双语）

适合年龄
3.5—6岁

游戏目的
培养听从指令的品质

游戏方法

（可以给幼儿在服饰上装扮成稻草人）

❀ 中文版：

稻草人，稻草人，转个圈，

稻草人，稻草人，踏着地，

稻草人，稻草人，伸得高，

稻草人，稻草人，摸到天，

稻草人，稻草人，弯下腰，

稻草人，稻草人，摸摸脚（指头）。

❀ 英文版：

Scarecrow, scarecrow, turn around,

Scarecrow, scarecrow, touch the ground.

Scarecrow, scarecrow, reach up high,

Scarecrow, scarecrow, touch the sky.

Scarecrow, scarecrow, bend down low,

Scarecrow, scarecrow, touch your toe.

59 我的手指

适合年龄

3.5 — 6岁

游戏目的

培养生活情趣

游戏准备

音乐带

充满爱的照料能为幼儿的大脑发育提供积极的情感刺激。

游戏方法

家长和孩子对面相坐，边转动手指边唱下面的曲子，唱到哪个部位，手放到哪个地方。

我的手指

!= D $\frac{4}{4}$　　　　　　　　　　　原曲、李洁词

5· 6 5 4 | 3 4 5 5 |
我 的 手 指 喜 欢 晃 动,

2 3 4 4 | 3 4 5 5 |
喜 欢 晃 动, 喜 欢 晃 动。

5· 6 5 4 | 3 4 5 5 |
我 的 手 指 喜 欢 晃 动

2 — 5 5 | 3 3 1 1 — :‖
晃 动 到 我的头 上。
　　　　　　　　背 后。
　　　　　　　　面 前。
　　　　　　　　膝 上。
　　　　　　　　脚 上。

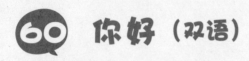

60 你好（双语）

适合年龄 3.5—6岁

游戏目的 学习问候语的同时，培养生活情趣

游戏准备 轻音乐

> 家长能够通过微笑和热情培养孩子乐观的性格。

游戏方法

🌸 中文版：

跳舞，跳舞，跳舞，跳舞，跳到门边：

你好，门！

跳舞，跳舞，跳舞，跳舞，跳到椅子边：

你好，椅子！

跳舞，跳舞，跳舞，跳舞，跳到桌子边：

你好，桌子！

……

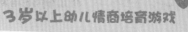

❀英文版：

Dancing, dancing, dancing,dancing to the door:

How do you do, the door?

Dancing, dancing, dancing,dancing to the chair:

How do you do, the chair?

Dancing, dancing, dancing,dancing to the table:

How do you do, the table?

......

61 翻山越岭

适合年龄

3.5—6岁

游戏目的

培养责任感和解决问题的能力

游戏准备

生鸡蛋1～3枚（根据年龄不同确定携带数量）、小凳子和高桌子各一张、床一张或其他家具若干

游戏方法

让幼儿从卧室拿上鸡蛋出发并将鸡蛋送到厨房。幼儿须先爬上床，然后从床上跳到地面；在卧室门口遇到高桌子，从桌子下面爬行通过；遇到小凳子，从凳子上迈过去……最终将鸡蛋送到厨房。

注意：在运送鸡蛋的过程中，鸡蛋不能离开身体（可以手拿、装衣兜里或口含），但必须完好无损地送到目的地。在这个过程中，幼儿将想办法去保护鸡蛋，否则，鸡蛋会破碎。

幼儿的能力取决于先天禀赋和后天养育之间的相互作用。

4岁以上幼儿情商培育游戏

各种积极的
早期体验
和互动
严重
影响着幼儿的
情感
发展

62 小狗找窝

适合年龄

4—6岁

游戏目的

培养竞争意识

游戏准备

户外草地或较大的空旷的房间

游戏方法

从参加游戏者中选出一条"流浪狗"，站在游戏场地中央。其余游戏者找一个窝并呆在窝里（根据游戏场地确定"窝"，可以是椅子、沙发、树根、石头等，但是窝的数量要比参加游戏者少1）。

游戏开始。"流浪狗"学狗叫："汪！汪！汪汪！"所有游戏者开始跑动去找新窝，"流浪狗"也冲向一个窝，谁找不到窝，谁当"流浪狗"，游戏重新开始。

注意：如果在室内游戏，为了安全起见，要求幼儿不跑动而是快步走找"窝"。

63 擦皮鞋

适合年龄

4—6岁

游戏目的

培养创造力

游戏准备

皮鞋、擦鞋子布

家长一定要尽力为幼儿提供一个没有过多学习压力的良好环境。

游戏方法

告诉幼儿他是个擦鞋匠，帮助人们擦鞋子，然后

家长和孩子各取一只皮鞋，边做边说：

我是一个擦鞋匠，

来到大街上，

帮助绅士擦皮鞋，　（举起鞋子和抹布）

整天都很忙。

擦，擦，擦擦擦，　（边说边擦）

鞋子干净又明亮，　（放下鞋子和抹布）

绅士夸我是巧匠。　（竖起大拇指）

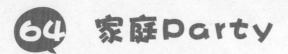

64 家庭Party

适合年龄

4—6岁

游戏目的

培养交际能力，建立正确的友谊观

游戏准备

准备一些幼儿爱喝的饮品、爱吃的水果和点心

游戏方法

家长可以请邻居的孩子、朋友的孩子或是请幼儿自己邀请本幼儿园的小朋友来参加Party。

1. Party前要给幼儿讲"主人"和交友之道。

2. 请幼儿做Party的主人。

3. 安排3~5个节目，也要给孩子们自由活动的时间。

建议：1. Party时间不宜过长，做好在40分钟内结束（时间太长或活动不紧凑会使幼儿感到乏

味。最好让幼儿不愿离去，也盼着参加下一次

的Party）。

2. 最好/几个家庭联谊，轮流组织。

65 开汽车

适合年龄

4 — 6岁

游戏目的

培养人际交往能力

幼儿和家长或周围人的亲密依恋有利于情感关系的形成。

游戏方法

1. 家长和孩子，也可请邻家的孩子和家长过来一起游戏。让幼儿轮流扮演司机和售票员，家长和其他小朋友扮作乘客。

2. 将日常乘车须知、让座礼仪、交通规则融入游戏并为游戏之规则。让座一次可以奖励一块糖或一枚贴画；违反规则可以惩罚他少乘一次车等。

3. 选择幼儿熟悉的街道、地名报站。

 **贴房子**

适合年龄

4—6岁

游戏目的

培养幼儿的观察力和耐力

游戏准备

用彩纸剪出：红色正方形30块，黄色正方形8块，天蓝色正方形28块，青绿色正方形6块，白纸2张，红黄蓝色彩笔各一支

游戏方法

1.在白纸上按图样贴出一幢房子。

2.请幼儿用不同的形状自主建造房子。

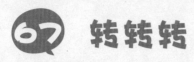 **转转转**

一遍又一遍地重复运动能够加强大脑思维区域伸向运动区域再到达指挥肌肉运动的神经的神经回路。

适合年龄

4—6岁

游戏目的

培养注意力、反应力、自信心和竞争意识

游戏方法

双手五指相对。家长和孩子一起边说边做，熟练后比赛。从拇指开始：

一转转，二转转，三转转，四转转，五转转，

四转转，三转转，二转转，一转转；

一转，二转，三转，四转，五转，

四转，三转，二转，一转，

转转转转（双手握拳，屈臂，由里向外），

转转转（五指张开，双臂前伸，由里向外转腕）。

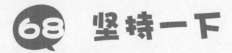
68 坚持一下

适合年龄
4—6岁

游戏目的
培养耐力

游戏准备
自制冰块

游戏方法

家长和幼儿每人手里握一小块冰，比比谁坚持的时间长。家长可以用激励性语言鼓励孩子延长握冰的时间，如："我是超人，我最棒！""我是超级棒，棒，棒！我还能坚持……秒钟。"

自制积木

适合年龄

4—6岁

游戏目的

培养自信

游戏准备

彩笔、牛奶盒、胶条

问题的解决能为新的学习开辟道路。

游戏方法

家长和孩子一起把旧牛奶盒的所有开口处都用胶条粘上，再用纸把它们裹起来，让幼儿用蜡笔或贴画在盒子上画上图案。待积木制作完毕，家长和孩子一起玩积木游戏。

70 金色的太阳

适合年龄

4—6岁

游戏目的

培养生活激情，锻炼手眼协调能力

游戏准备

一次性使用盘子、黄色卡纸、颜料

游戏方法

1. 把一次性使用盘子内底涂成黄色。

2. 把孩子的手放在黄色卡纸上描画7次。

3. 把7个手印——剪出。

4. 把手印一个挨着一个粘贴在盘子上。

5. 在盘子内底画上鼻子、眼睛或嘴巴。

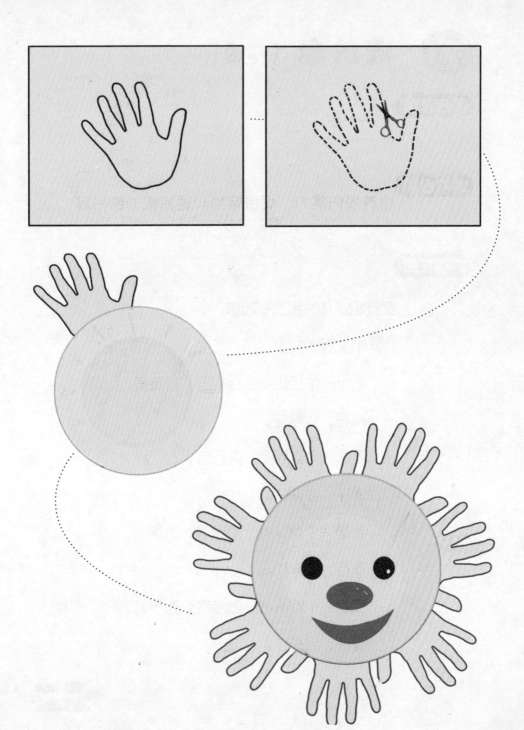

71 模仿者（双语）

适合年龄

4—6岁

游戏目的

培养模仿能力，促进亲情和语言能力的发展

游戏方法

家长和幼儿一起说一起做。

❀中文版：

我是一个行走者，行走者，行走者，

现在，我停住。

我是一个跳跃者，跳跃者，跳跃者，

现在，我停住。

我是一个游泳者，游泳者，游泳者，

现在，我停住。

我是一个跑步者，跑步者，跑步者，

现在，我停住。

❀ 英文版：

I'm a walker, a walker, a walker.

Now, I stop.

I'm a jumper, a jumper, a jumper.

Now, I stop.

I'm a swimmer, a swimmer, a swimmer.

Now, I stop.

I'm a runner, a runner, a runner.

Now, I stop.

72 彼得（双语）

适合年龄
4—6岁

> 幼儿每天听到的单词数量将影响其今后的智力、举止及学习成绩。

游戏目的
培养自信的同时，提高语言表达能力

游戏方法

家长和幼儿一同玩拍手歌，按节奏说唱歌谣。

Peter, Peter, pumpkin eater,

Had a wife and couldn't keep her.

He put her in a pumpkin shell,

And there he kept her very well.

 **彩色鱼**

适合年龄

4 — 6岁

游戏目的

培养自信心和创造力

问题的解决能为新的学习开辟道路。

游戏准备

一次性使用纸质盘子一个，红、黄、蓝、黑、绿、橘红色油画棒各一支，剪刀一把

游戏方法

1. 将盘子剪下四分之一，被剪去部分为鱼嘴。

2. 将剪下部分用胶条粘在后部做鱼尾。

3. 用黑色画笔在鱼身上画出3条纵向波浪线。

4. 在鱼嘴上方画出鱼眼，然后按序涂色：绿、紫

（也可涂上自己喜欢的颜色）。

5. 在鱼尾上再画同样的或不一样的装饰图案。

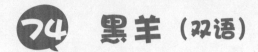

74 黑羊（双语）

适合年龄 — 4—6岁

游戏目的 — 培养文明举止

音乐体验对语言和运动技能的发展以及感官的整合起着巨大作用。

游戏准备 — 羊头饰、礼帽、三个装有东西的袋子

游戏方法

请幼儿戴羊头饰扮作黑羊，家长戴礼帽扮作绅士。家长提问，幼儿回答。

家长：黑羊，黑羊，你有羊毛吗？

幼儿：先生，我有。我有三袋子呢。

家长：你能给我一袋子吗？

幼儿：可以呀。我给你一袋子，给我妈妈两袋子，就是不给总是扔别人玩具的那个小男孩。

BLACK SHEEP

1= D $\frac{4}{4}$ 英国民歌，李洁改编

1	1	5	5	<u>6 6</u>	6	5	—

Baa baa black sheep, have you any wool?

4	4	3	3	2	2	1	—

Yes sir, yes sir, three bags full.

5	<u>5 5</u> 4	4	3	<u>3 3</u> 2	—

One for my ma - ster, Two for my mum.

<u>5 5</u> <u>5 5</u> 4	4	4	3	3	2

But none for the boy who always throws my toy.

1	1	5	5	<u>6 6</u>	6	5	—

Baa baa black sheep, have you any wool?

4	4	3	3	2	2	1	—

Yes sir, yes sir, three bags full.

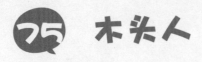

75 木头人

适合年龄
4—6岁

游戏目的
培养耐力

游戏准备
录音机和CD

游戏方法

参加游戏者站好后开始播放CD，游戏者要跟着音乐节奏跳舞、唱歌等任意动作，音乐突然停下来，所有游戏者必须停止所有动作，并保持音乐停止时他正在做的那个动作静止不动，就像一个木头人。如果有谁动了或发出一点声音，将被淘汰出局，游戏重新开始。最后的一个"木头人"胜出。

76 共进晚餐

适合年龄

4.5—6岁

充满爱的照料能为幼儿的大脑发育提供积极的情感刺激。

游戏目的

培养社交能力

游戏准备

娃娃或毛绒玩具若干、玩具餐具、玩具食品等

游戏方法

告诉幼儿，今天娃娃要和他一起进餐。

1. 让幼儿为"客人们"安排座位，同时说出正在做的事。如："毛绒兔小姐请坐。""玩具熊先生你愿意坐在这个位置吗？"

2. 鼓励幼儿问客人喜欢吃什么？

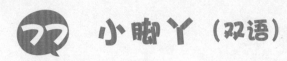

77 小脚丫（双语）

适合年龄

4.5—6岁

游戏目的

培养生活激情，发展身体协调能力

游戏方法

边说边做：

❀ 中文版：

我能用双脚走路，走，走，走；

我能单脚跳跃，跳，跳，跳；

我能双脚跳跃，跃，跃，跃；

然后我坐下休息，笑，笑，笑。

✿ 英文版：

I can walk, walk, walk, walk;

I can hop, hop, hop, hop;

I can jump, jump, jump, jump;

Then I sit and rest, laugh,

laugh, laugh.

78 保龄球比赛

适合年龄

4.5 — 6岁

游戏目的

培养自信心和竞争力

游戏准备

饮料瓶等类似于保龄球瓶的东西若干，大小合适的球一个

游戏方法

将一些瓶子摆成三角形，用胶带在地板上画出一条球道，然后教幼儿打保龄球；待幼儿获得了"技能"后，可与家长正式比赛。

79 美丽的圣诞树

适合年龄

4.5—6岁

游戏目的

培养自信和创造力

游戏准备

白色16开复印纸一张、16开绿色彩纸一张、棕色卡纸一条（3.5cm×6.5cm）、胶棒、剪刀、铅笔

游戏方法

1. 用铅笔在白纸上画一个三角形。

2. 用棕色卡纸剪出树干的形状，贴在三角形正下方。

3. 让幼儿把手平放在绿色彩纸上五指自然张开，用铅笔描画出手的轮廓，共剪出21个小手。

4. 将小手沿着三角形由下向上贴出圣诞树（不要

贴实）。最后将"小手"未贴死部分向上折起

一点，一棵立体的圣诞树就做好了。

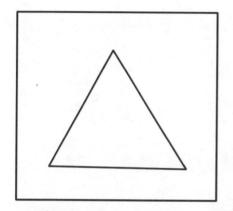

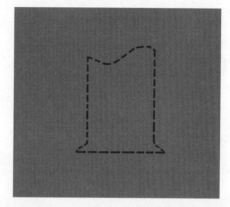

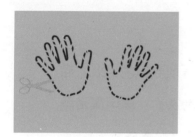

80 驯鹿

适合年龄

4.5 — 6岁

游戏目的

培养自信和创造力

幼儿的大脑通过体验和情感依恋得以发展。

游戏准备

棕色卡纸，深黄色彩纸，白色、黑色、红色和黄色即时贴。

游戏方法

1. 把宝宝的一只小脚或一只鞋子放到棕色卡纸上描绘出来，裁出一个脚印（驯鹿的头）；再用深黄色彩纸描画并剪出宝宝的两只手印（驯鹿的耳朵）。

2. 将两只手印粘贴在脚印上三分之一处。

3. 用白色即时贴纸贴出两只白眼球，用黑色即时贴纸贴出两个黑眼珠。

4. 用红色即时贴剪出一个圆鼻子贴在两个眼睛下方。

5. 最后用黄色即时贴剪出一个月牙形嘴巴贴在鼻子下方。

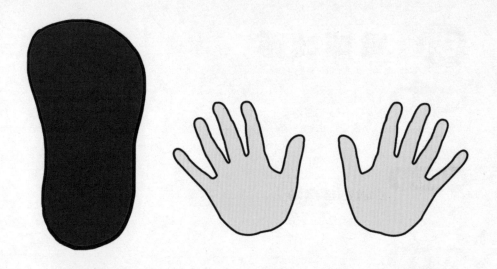

81 投球比赛

适合年龄

4.5 — 6岁

游戏目的

培养竞争精神

运动是让幼儿在右脑协调的唯一途径。

游戏准备

皮球一只、球篮一个。邀请与孩子同龄的幼儿若干

游戏方法

在球篮前0.5米、1米、1.5米处各画一条线，每一个幼儿站在同一条线处由近及远投篮，0.5米线处进球得1分，1米线处进球得2分，1.5米线处进球得3分。在3轮之后，幼儿可以自选"投球线"（重新分值）。获胜者给予适当奖励。

5岁以上幼儿情商培育游戏

孩子的综合素养
整体运动能力
动手能力
思考能力
都是在
玩耍中
学到的

时装表演（双语）

适合年龄 5—6岁

早期的社会和情感体验是人类智慧的萌芽。

游戏目的 培养对生活的激情和美的感受

游戏准备 选一支节奏感较强的曲子，一套幼儿最喜爱的服装或给幼儿刚买的新衣服、墨镜、帽子等

游戏方法

✿ 中文版：

（播放音乐，幼儿走到某个位置）

我穿着……我很酷。（摆个姿势）

（再走到一个位置）

我带着墨镜，我很酷。

……

✿ 英文版：

I'm cool. I am wearing a …… (Make a pose)

I am cool. I am waering sunglasses.

(Make a pose)

……

 **剪剪剪**

适合年龄

5—6岁

游戏目的

培养注意力、自信心和协调性

游戏方法

（左右手横向指尖对指尖）

一把剪刀，剪剪剪，

（两手食指和中指伸出，无名指、小指和拇指

并拢形成一把剪刀）

两把剪刀，剪剪剪，

（两手中指和无名指并拢伸出，形成两把剪刀）

一把两把剪剪剪，

（右手一把剪刀，

左手两把剪刀）

两把一把剪剪剪。

（右手两把剪刀，

左手一把剪刀）

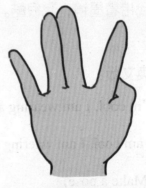

两把剪刀

一把剪刀

84 贴卡片

适合年龄

5—6岁

游戏目的

培养社交能力

游戏准备

贴纸、空白卡片

> 在成人帮助下进行的感官体验和社交互动有助于幼儿思维能力的发展。

游戏方法

家长制作一张特别的卡片，请孩子自己在卡片上贴一些贴画，贺卡、谢卡、生日卡均可，送给家人，并请宝宝讲述出送卡片的理由。

85 钓鱼去

适合年龄 5—6岁

游戏目的 培养承受挫折能力

游戏准备 纸牌一副

家长和孩子的交流方式会对孩子日后的情感发育产生巨大影响。

游戏方法

这是一个3人的游戏。只需要同样大小的牌5种各3张。每人抽1张牌，牌大者先发牌。每人拿到5张牌（不能让别人看到牌面）后，其余牌面朝下散乱摆放（这就是鱼池），然后各人整理自己的牌，把大小一样的排在一起。目标是得到3张大小一样的牌组，获得多者胜出。

发牌者向右侧的玩家要牌，以便和自己手中的牌配成组。例如，发牌者手里有2张Q，就会问下家有没有Q，如果有，就得交出来，如果没有，就喊："钓鱼去！"这样他只能去鱼池里摸一张牌，加到自己的牌里。下家继续。当收齐3张相匹配的牌时，就把它们正面朝上放在自己面前，先出完手里的牌者为赢。

86 老鼠指偶

适合年龄

5—6岁

各种训练将加强神经桥梁，它们对今后学习实用性技能是非常重要的。

游戏目的

培养幼儿的动手能力和创造力

游戏准备

棕色卡纸1张，粉色卡纸1张，胶水若干

游戏方法

1.用棕色卡纸剪出一个长6~7厘米，宽5.5~6厘米的长条，卷在手指上做出一个圆筒（老鼠身子）。

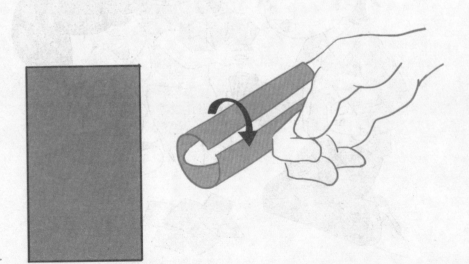

2. 用棕色卡纸剪出6根1厘米长的胡子。

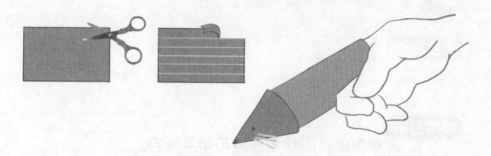

3. 用棕色卡纸剪出一个直径3.5~4厘米的圆，然后裁去 $\frac{1}{4}$，把剩余部分做成老鼠头。

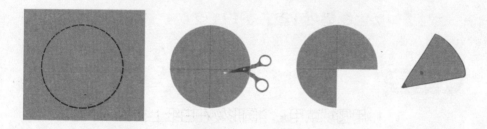

4. 用棕色卡纸剪出一根6厘米的细长条做老鼠尾巴。

5.用粉色卡纸剪出一对耳朵，粘贴在头部和身体的连接处。

87 七彩陀螺

适合年龄

5—6岁

游戏目的

提高幼儿的探索兴趣和动手能力

游戏准备

白纸卡纸1张，红、黄、蓝、绿、橙、紫和粉色画笔各1支，圆规1支

游戏方法

1. 用圆规或用一个圆形物在白纸上描画一个圆。

2. 把画出的圆平均分成7份，将每一份涂上一种颜色。

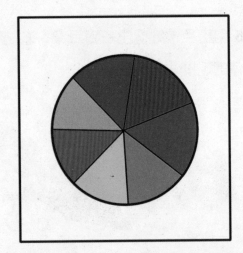

3. 把七彩圆剪下，从圆心处穿上一支铅笔。

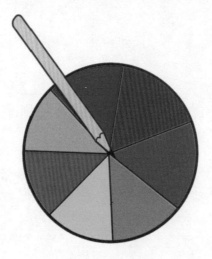

4. 手执铅笔上端转动，七彩陀螺还是七色吗？

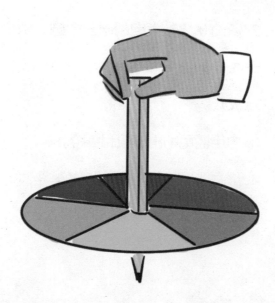

88 美丽的自行车

适合年龄
5—6岁

游戏目的
培养幼儿的耐力、观察力和创造力

游戏准备
紫色半圆形44枚，蓝色半圆形34枚，白纸
1张，胶棒1支，参考图一张

游戏方法

1. 先向幼儿出示参考图。

2. 请幼儿按参考图贴出三个圆，两个车轮（每
个轮子19个半圆组成）、一个飞轮（6个半圆
组成）。

3. 再用蓝色贴出车架和脚蹬。

4. 最后用蓝色半圆形贴出车座（5个半圆）
和车灯（2个半圆）。

150

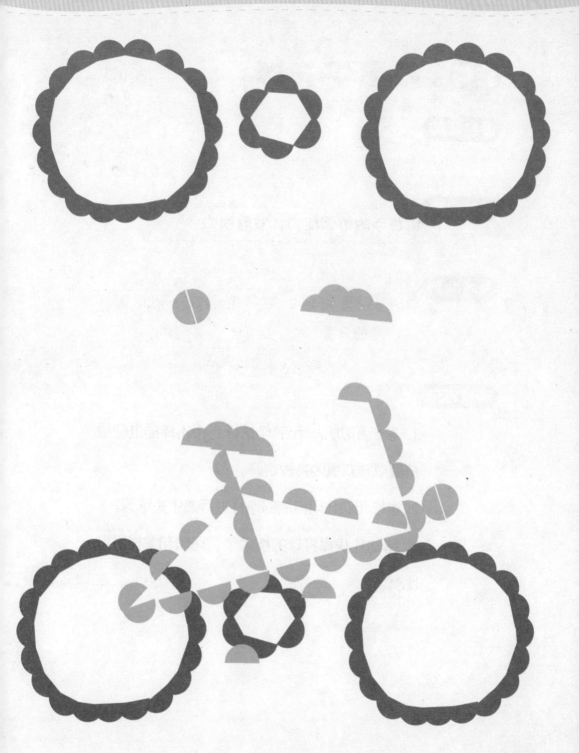

89 打高尔夫球

适合年龄 5—6岁

> 运动是让幼儿左右脑协调的唯一途径。

游戏目的 锻炼手眼协调能力，发展耐力

游戏准备 2~3只海洋球、空易拉罐或小塑料瓶2个、木棒2根

游戏方法

1. 家长和幼儿一起制作球杆：将木棒插进空易拉罐或塑料瓶内并固定好。

2. 家长和幼儿用自制的球杆进行高尔夫练习。

3. 待幼儿获得打球的技术了，可以和家长进行比赛。

90 一样的小鸟

适合年龄

5—6岁

游戏目的

培养专注力、观察力和耐力

游戏准备

铅笔一支

游戏方法

1. 请幼儿仔细观察图片1分钟，指导幼儿对比每一只鸟的颜色和外形是否相同。

2. 然后请幼儿在相同的小鸟旁边画出记号。提醒幼儿有15只小鸟和例图是一样的。

3. 如果幼儿一次没有完成任务，鼓励幼儿要耐心，再仔细观察。

妈妈给予我的爱 (代后记)

李 哲

很小的时候看着别的小朋友喝有色饮料，心里常想：那一定很好喝！看着别的小朋友吃零食，我很羡慕，常问妈妈："那个东西好吃吗？"等长大了一点，看着妈妈那么忙碌，常常在心里嘀咕：妈妈对她的学生比对我好。等再长大点了，我一点也不羡慕他们了，因为我会做饭，他们不会；我会洗衣服，他们不会；我会帮妈妈设计图书封面，他们不会；我很自豪，因为他们都不如我能干。

20年了，我看到的妈妈整天都在忙，而且还很能说。我小时候，妈妈无论是拉着我走路，还是骑自行车载我外出，她会不厌其烦地给我讲什么帝王传说呀，灰姑娘的故事啊……今天我都上大学了，一回家，妈妈依然会坐下来和我聊到半夜。当然，妈妈也听我说。记得上中学时有一次妈妈接我，一上她的车我就开始给她讲班上发生的事，接着讲我正在读的一个故事，等我们到了小区上了电梯，我还在讲。讲啊，讲啊，不知过了多久，妈妈说："怎么还不到啊？"我们俩一看，电梯纹丝不动地还在一楼停着呢，原来我们居然忘了摁电梯楼层按钮了……这么多年了，妈妈在我的记忆里除了聊得多，就是玩得多。妈妈很喜欢和我玩，记得我6岁时妈妈教我打乒乓球，每个星期都要打，如果天气不好，我会担心不能去打球而不开心，妈妈会说："没关系，没关系，我们有办法，世界上没有解决不了的问题。"于是，她会在餐桌中间摆上一排磁带代替网子，餐桌就变成了我们的乒乓球台。妈妈和我游戏喜欢我让着她，大概我10岁的时候吧，一次和妈妈玩掂球（因为下雨，我们在室内用羽毛球拍掂羽毛球），妈妈输了，她却说："你是男生，得让着我们女生，帮我3条命吧。"我想：人家都说我是男生了，只能绅士点，帮她3条命喽。结果妈妈赢了，我输了。在家吃东西，妈妈也喜欢和我抢第一口，不管吃什么菜，或是吃冰淇淋，她不吃，我也得让她咬第一口。妈妈做事好像是一件一件地做，在我6岁时她教我打乒乓球，7岁时她教我下象棋，8岁时她教我打羽毛球。做家务也是一样，我不到6岁就开始洗自己的袜子、鞋子，6岁开始学买菜、洗碗，7岁开始学煮面，8岁开始学炒菜。有时候觉得妈妈对我真狠，一分钱都不会多给我，我的收入全部是我的劳动所得。14年"家政工龄"的我终于长大了，上了大学，而且学的是教育，猛然间我明白了妈妈的"狠"。其实，她和我的玩耍在我的生命中是最给力的，每一个游戏今天看来都是她对我的有意识的教育，每一句好像无意说出的话语其实都是她对我的教诲。正是妈妈陪我玩的那N多个游戏才使我今天拥有了绅士气质，使我今天遇到问题时会积极乐观地去解决，使我懂得了孝道和如何为人。她陪我玩了多少，我今天就懂了多少。在大学学习了教育专业，才从头到脚地懂了妈妈的教育是如此的艺术，如此的重要，如此的潜移默化，如此的有境界，如此的给力！难怪她幼儿园的课程全是游戏化啊！

　　我长这么大，同学对我说的最多的就是："你真幸福，你从来都没挨过打。"我的确很幸运，妈妈没打过我，没骂过我，她就像一位好朋友伴我长大，她就像一位高明的导演，让我学会了不同的角色！她是一位成功的母亲，给予我的大爱成就了我的幸福人生！她就像一位无所不能的超人，成为我生命里的英雄！

　　能够做李洁的儿子绝对是我的幸运。